AF455462

CATALOGUE

D'UNE

JOLIE COLLECTION

DE

SCULPTURES en bois et en ivoire

MEUBLES, STATUETTES, PANNEAUX, ETC.

VITRAUX

OBJETS D'ART, CURIOSITÉS

ARMES

Faïences de Bernard Palissy, Italiennes, de Rouen, de Delft, etc.

GRÈS

TABLEAUX & LIVRES

Le tout des XIVe, XVe, XVIe et XVIIe siècles,

Composant le Cabinet de M. D***

dont la

VENTE

POUR CAUSE DE DÉPART

aura lieu à LILLE, rue Beauharnais, N° 23

Les Lundi 12, Mardi 13, Mercredi 14 Septembre 1881,

à deux heures précises,

par le ministère de Me Emile PAJOT, Commissaire-priseur,

rue Nationale, 69, à Lille.

EXPOSITIONS

PARTICULIÈRE : le SAMEDI 10 Septembre, de onze heures à quatre heures, pour les personnes munies d'un permis délivré à l'hôtel des ventes;

PUBLIQUE : le DIMANCHE 11 septembre, de onze heures à quatre heures.

LILLE

Imprimerie Jules Petit, rue Basse, 54, coin de la rue Esquermoise.

1881

CATALOGUE

D'UNE

JOLIE COLLECTION

DE

RÉTABLES, SCUPTURES, IVOIRES
VITRAUX
OBJETS D'ART, CURIOSITÉS
ARMES

Faïences de Bernard Palissy

PORCELAINES DIVERSES, GRÈS,

TABLEAUX & LIVRES

Le tout des XIVe, XVe, XVIe et XVIIe siécles,

Composant le Cabinet de M. D***

dont la

VENTE

POUR CAUSE DE DÉPART

aura lieu à LILLE, rue Beauharnais, N° 23

Les Lundi 12, Mardi 13, Mercredi 14 Septembre 1881,
à deux heures précises,

par le ministère de Me Emile PAJOT, Commissaire-priseur,
rue Nationale, 69, à Lille.

EXPOSITIONS

PARTICULIÈRE : le SAMEDI 10 Septembre, de onze heures à quatre heures, pour les personnes munies d'un permis délivré à l'hôtel des ventes;

PUBLIQUE : le DIMANCHE 11 Septembre, de onze heures à quatre heures.

CONDITIONS DE LA VENTE :

Elle sera faite au comptant.

Les adjudicataires paieront dix pour cent en sus du prix d'adjudication, plus cinquante centimes pour cent pour la criée.

L'exposition mettant le public à même de se rendre compte de l'état et de la nature des objets, il ne sera admis aucune réclamation une fois l'adjudication prononcée.

ORDRE DES VACATIONS :

Le Lundi 12 Septembre. — Les Faïences, Porcelaines et Grès (Nos 108 à 165);

Objets divers (Nos 184 à 227).

Le Mardi 13 Septembre — Les Armes, Drapeaux et Bannières (Nos 166 à 183);

Orfévrerie, Dinandrie, Cuivres et Ustensiles en fer (Nos 53 à 107);

Sculpture, Ivoires (Nos 51 et 52).

Le Mercredi 14 Septembre. — Meubles en bois sculpté, Rétables et Statuettes (Nos 1 à 50);

Tableaux (Nos 1 à 34);

Livres (Nos 1 à 7);

NOTA. — Personne ne sera admis à visiter la collection hors des jours et heures ci-dessus indiqués.

CATALOGUE

RÉTABLES, MEUBLES, STATUETTES

en bois sculpté.

1. Magnifique rétable, en chêne, représentant plusieurs scènes de la vie du Christ.

XVe siècle. H. 1^{m}30, L. 1^{m}30.

1bis. Beau rétable ou chapelle portative. Le centre a été sculpté en haut-relief d'une pitié, composée d'un groupe de personnages peints et dorés, tandis que sur les volets, le portement de croix et la résurrection sont exprimés en plate peinture.

Travail flamand du XVe siècle. H. 1^m.

2. Grand rétable en bois peint et doré, offrant sous des arceaux en plein cintre, différents saints personnages.

XVe siècle.

3. GRANDE ET BELLE CRÉDENCE. Sur les vantaux la salutation angélique sculptée en haut-relief. Sur les ferrures et les layettes inférieures, sont les monogrammes du Christ et de la Vierge. Le meuble se termine par une grande layette, dont la sculpture ajourée représente des branches chargées de fruits, venant aboutir à la partie centrale où est un écusson, offrant un tronc d'arbre aux branches duquel est suspendu l'écu du donateur.

XVe siècle.

4. CRÉDENCE dont la face se compose de deux vantaux munis de ferrures. La sculpture du meuble se compose des monogrammes **ihs** et **ma** au milieu d'ornements de style ogival.

XVe siècle.

5. PETITE CRÉDENCE dont le vantail, sculpté en haut-relief, représente sainte Anne tenant dans ses bras la Vierge et l'Enfant-Jésus. Les panneaux adjoints sont ornés de sculpture de style gothique.

Travail flamand du XVe siècle.

6. CRÉDENCE à deux vantaux et deux tiroirs avec ferrures extérieures ; l'ornementation consiste en ceps de vigne portant fruits.

Travail du Nord de la France de la fin du XVIe siècle.

7. Grand meuble à deux corps, richement sculpté, orné de mufles de lions et de deux cariatides, soutenant la partie supérieure du meuble. Sur trois panneaux formant portes : la Flagellation, le Portement de croix et le Calvaire.

8. Grand buffet d'encoignure, à deux corps, en marqueterie, de bois, de noyer, d'acajou, de palissandre et de citronnier.

La pureté de forme, la sobriété et le bon goût du dessin des ornements, dont se compose la marqueterie, nous portent à croire que ce meuble n'est point hollandais mais bien de l'école du Nord de la France, du temps de Louis XIV.

8bis. Belle commode en incrustation de bois de différentes nuances.

XVIIe siècle.

9. Deux grandes colonnes torses avec chapiteaux Corinthiens. Elles sont enrichies de ceps de vigne avec grappes qui suivent le torse de la base au sommet.

H. 1[m]90.

10. Table en bois de chêne sculpté, montée sur quatre gros pieds tournés.

Travail flamand du XVIIe siècle.

11. Guéridon en bois sculpté recouvert de velours rouge.

12. Autre guéridon en bois sculpté.

13. Grande table d'atelier en acajou massif.

XVIIIe siècle.

14 et 15. DEUX LITS en bois sculpté, l'un du temps du règne de Louis XIV, l'autre Louis XV.

16. BANC en menuiserie de bois de chêne, orné de panneaux, représentant des parchemins pliés. Le siège sert de coffre.

17. DEUX CHAISES en menuiserie (dites chaises Rubens) garnies de cuir.
XVIIe siècle.

18. PORTE composée sur une face de huit panneaux de style Renaissance, avec médaillon central à figure de profil. Sur l'autre face deux grands panneaux à compartiments de moulures, au centre un mufle de lion.
Travail flamand du XVIe siècle.

19. UN ABBÉ OFFICIANT. Sculpture peinte et dorée.
Curieux travail, daté 1569.

20. PORTE en bois sculpté.
Travail flamand du XVIIe siècle.

21. BELLE CHEMINÉE en bois sculpté; les montants sont torses.
Travail flamand du XVIIe siècle.

21bis. BELLE CHEMINÉE; la partie supérieure est soutenue par deux cariatides.

22. DEVANT D'UN COFFRE gothique en bois sculpté.
XVe siècle.

23. AUTRE DEVANT DE COFFRE de même époque et de même style.

24. PETIT COFFRET en noyer. Il est flanqué aux angles de quatre clochetons. Sa face principale, ainsi que les deux latérales, sont couvertes d'ornements gothiques. Ce coffret est muni d'une belle serrure en fer ciselé, au centre de laquelle saint Pierre et un écusson d'armoirie surmonté d'une couronne.

Travail français du XVe siècle.

25. TRÈS BELLE ARCHELLE ou potière en chêne sculpté.

Travail flamand du XVIIe siècle.

26. PORTE-MANTEAUX en chêne sculpté.

XVIIe siècle.

27. BOITE à chandelles en bois sculpté. Au centre la date 1695.

28. CINQ ANILLES en bois de chêne sculpté, dont une tête satirique provenant d'une maison d'Ypres.

XVe siècle.

29 et 30. DEUX CHEFS processionnels en bois peint et doré, dont l'un représente saint Jacques, coiffé d'un chapeau orné d'un gros cabochon en cristal de roche.

31. DEUX BELLES CONSOLES en chêne sculpté.

32. Deux beaux panneaux en chêne sculpté, offrant au centre des armoiries.

XVIe siècle.

33. Fragment d'un rétable de l'époque de la Renaissance. Il représente Jésus debout, auprès de lui deux guerriers en riche costume du XVIe siècle.

H. 0[m]71.

Cette sculpture provient de l'abbaye de Phalempin.

34. Saint Pierre et saint Paul, figures en bois faisant pendants.

Travail flamand du XVIe siècle. H. 0[m]46.

35. Quatre médaillons peints et dorés, représentant diverses scènes de la Passion.

XVIIe siècle.

36. Sainte Catherine d'Alexandrie représentée debout tenant dans les mains les instruments de son supplice, la *roue* qui se brisa en éclats et le *glaive* qui servit à la décapiter; sous ses pieds la tête de l'empereur Maximin II qui ordonna son martyre.

H. 1[m]03.

37. Sainte Madeleine, pendant de la précédente. Elle tient un livre d'une main, de l'autre un calice.

H. 1[m]03.

38. Le bon pasteur. Figure en bois peint et doré

XVIe siècle.

39. SAINTE MADELEINE, pendant de la précédente.

40. UN HÉBREUX portant la couronne d'épines. Fragment d'un rétable flamand.

XVe siècle. H. 0^{m}42.

41. DEUX STATUETTES en bois de noyer, représentant la Force et la Fécondité.

Ecole italienne du XVIe siècle. H. 0^{m}62.

42. BELLE COMMODE en marqueterie de bois, ornée de cuivres dorés. Louis XV.

43. PAPE, la tête ceinte de la tiare. Il est assis devant un pupitre dans l'action d'écrire.

XVe siècle. H. 0^{m}60.

44. FIGURE DE SAINTE en bois de chêne ayant comme attribut un dragon à ses pieds.

XVe siècle

45. FIGURE grandeur nature représentant un saint évêque. Il porte sa crosse de la main gauche, tandis que la droite est en action de bénir. A ses pieds uu dragon symboiique.

Cette statue du XIVe siècle provient d'une église de Gand.

46. SAINT ROCH. Statuette en bois peint.

XVII siècle H. 0^{m}60.

47. SAINT ANTOINE. Statuette du XVIe siècle.

H. 0^{m}50.

48. Saint personnage représenté debout, la tête casquée, et revêtu d'un ample manteau qui recouvre en partie son armure.

XVIe siècle.

49. Ex-Voto en bois peint et doré représentant deux écussons d'armoiries. L'un, d'homme, est timbré d'un casque. L'autre, de demoiselle, est entouré d'une couronne de verdure. Au dessus, une tête d'ange ailée. Au-dessous, on lit en lettres gothiques : *Van Baust anno* 1627.

50. Beau panneau, au centre un écusson d'armoirie provenant d'un dossier de stalle.

XVIe siècle.

SCULPTURE. — IVOIRES.

51. Belle Vierge portant l'Enfant-Jésus sur le bras droit. L'enfant est vêtu d'une robe. Il porte la *Boule du Monde* d'une main, de l'autre il se tient au vêtement de sa mère. La Vierge est vêtue d'une longue robe et d'un voile surmonté d'un diadème.

Travail français de la fin du XIVe siècle. H. 0^{m}20.

52. La Vierge debout, la tête ceinte d'une couronne d'argent ; elle est vêtue d'une robe et d'un long manteau qui l'enveloppe entièrement. De la main droite elle tient une rose, et porte sur le bras gauche son fils qui semble jouer avec la chevelure de sa mère.

Cette statuette d'une belle patine a un grand caractère et a été évidemment sculptée par un maître français du XIVe siècle. Collection Bouvier, d'Amiens.

ORFÈVRERIE, DINANDRIE, CUIVRE.

53. Belle Croix processionnelle, en cuivre repoussé gravé et doré. Les extrémités trilobées sont ornées, sur la face principale, de bustes représentant : Un ange, Ste-Marie, St-Jean et Ste-Madeleine. Au centre, le Christ, au nimbe émaillé.

54. Reliquaire de forme hexagone, en cuivre ciselé et doré. Il est soutenu par un pied d'où s'élève une tige avec un nœud à six boutons enrichis d'émaux translucides à fond bleu.

55. Baiser de paix en cuivre doré, offrant le profil du Sauveur, travail Italien.

XVe siècle.

56. Christ. Figure en cuivre repoussé et doré, la tête est ceinte de la couronne et les reins sont entourés d'une draperie.

La croix d'applique sur laquelle il est rapporté, est incrustée d'émail fond bleu à rosaces de couleurs variées.

Travail de Limoges du XIIIe siècle. H. 0[m]22. L. 0[m]19.

57. PETITE HORLOGE en cuivre doré, de forme carrée, flanquée aux angles de quatre colonnettes, finement ciselées. Elle est surmontée d'un timbre ; sur la face principale cadran, marquant les heures, sur celle opposée cadran pour réveil, au-dessous duquel est gravé un écusson d'armoiries. Les faces latérales offrent d'un côté le Christ en croix, entre Marie et St-Jean ; l'autre, la Vierge, tenant l'Enfant Jésus.

XVIe siècle.

58. PETITE FIGURE de saint Pierre, fonte Dinantaise.

XVe siècle. H. 0m13.

59. DEUX PETITES PINCES en cuivre avec légende latine en lettres gothiques.

Ces petits ustensiles servaient à mettre les charbons ardents dans les encensoirs.

XIVe siècle.

60. ENCENSOIR en bronze, le couvercle en forme de toit et orné de rosaces formées de trous percés à jour dans le métal.

XIVe siècle.

61. DEUX CHANDELIERS en bronze, avec plateau au milieu de la tige, pour recevoir la cire fondue.

Travail flamand de la fin du XVIIe siècle. H. 0m27.

62. CHANDELIER en cuivre, la douille et la bobèche posées sur un ressort s'adaptant à une tige lisse, qui permettant de lever ou de baisser la bougie à volonté.

63. FLAMBEAU, sa tige est soutenue par un animal chimérique à tête humaine.

64. FLAMBEAU, à pointe munie de deux branches formées d'hommes d'armes, dont la partie inférieure se termine en queue de poisson.

65. DEUX PETITS CHANDELIERS en cuivre repoussé.

65bis. BOUGEOIR en fonte de cuivre.
Le manche est orné de dessins, dans le style de la renaissance, exécutés en relief.

66. PETITE AIGUIÈRE de forme très élégante.

67. JOLIE PETITE BALANCE en cuivre ciselé munie de son support.

68. PUISETTE en laiton fondu à anse munie d'un anneau pour la suspendre, cette puisette possède deux goulots terminés par des têtes d'animaux.

XVe siècle.

Décrit dans le dictionnaire du Mobilier Français par Violiet-le-Duc.

69. NAVETTE en cuivre repoussé.

70. SUPERBE BUIRE de forme élancée en cuivre fondu. Le goulot rapporté représente un lion. L'anse est formée d'un lézard.

Travail allemand du XIVe siècle.

71. JARDINIÈRE en cuivre guilloché.

72. LAMPE en bronze coulé.

Elle consiste en un godet suspendu à quatre tiges plates, terminées par une sorte de feuille en fer de lance, en un bec pour recevoir la mèche, et en un godet de trop plein pouvant être décroché et vidé facilement.

Fin du XIIIe ou commencement du XIVe siècle.

73. LAMPE à peu près semblable au numéro précédent.

XIVe Siècle.

74. LAMPE D'APPLIQUE israélite, en fonte de cuivre, avec fronton composé de deux lions, soutenant des enroulements et une corbeille de fleurs. Au-dessous, posés sur une même ligne, huit godets à un bec.

XVIIe siècle.

75. LAMPE en cuivre, montée sur un pied élevé, le vase repoussé qui contient l'huile est à un seul canal pour une mèche.

76. COQUEMAR (bouilloire) en cuivre frappé.

XVIIe siècle.

77. BURETTE à l'huile, eu cuivre frappé.

78. CAFETIÈRE, forme d'aiguière en cuivre frappé.

Travail flamand.

79. ÉCUMOIRE en cuivre décoré d'enroulements découpés à jour.

80. CHAUFFERETTE en cuivre, ornements faits au poinçon.

Elle est munie de sa petite pelle à remuer la cendre, celle-ci est ornée d'une fleur de lys découpée à jour.

81. HEURTOIR en bronze, représentant Neptune, d'après Jean de Bologne.

XVIe siècle.

82. COUVRE-FEU en cuivre repoussé, orné de deux médaillons ronds, dans lesquels se trouvent deux lions debout, armés de sabres, gardant un écusson d'armoirie, portant la date de 1631.

83. RÉCHAUD de cheminée en cuivre, monté sur tige posée sur un trépied.

XVIIe siècle.

84. PELLE ET PINCETTE en cuivre, les tiges sont torses.

85. POT EN ÉTAIN dont la panse est ornée de l'histoire d'Adam et Eve, daté 1720.

Collections Verhelst et Vanderhelle.

86. Goblet en étain, orné de différentes figures, parmi lesquelles Adam et Eve, au pied de l'arbre du bien et du mal.

Premières années du XVIIe siècle.

87. Chope en bois recouvert en étain, la partie centrale offre un bel écusson d'armoirie.

XVIIe siècle.

88. Plats d'étain, dont un avec de belles armoires.

USTENSILES EN FER

89. Lanterne d'écurie en fer forgé, munie de plusieurs chaînons en fer tortillé.

90. Petit Crachet en fer ciselé, muni de sa tige à crochets.

91. Trépied en fer, destiné à supporter un bassin. Ornementation composée d'enroulements.

Travail italien du XVIe siècle. H. 0m75.

92. Trépied de même forme et de même travail que le numéro précédent.

H. 0m69.

93. Verrou en fer repoussé, avec lettres entrelacées H, M, A.

XVIIe siècle.

94. Grand verrou en fer, repercé à jour.

XVIIe siècle.

95. Deux écussons ovales, en fer repoussé.

XVIIe siècle.

96. DEUX APPLIQUES pour deux bougies, en fer repoussé, du XVIIe siècle.

97. DEUX PETITES POTENCES. Fer forgé, avec crochets terminés par une tête de serpent.

98. RÉCHAUD gothique en fer, porté par trois pieds et monté sur tige torse.

Ouvrage flamand de la fin du XVe siècle.

Ces réchauds se posaient sous le manteau des grandes cheminées des XVe et XVIe siècles, et étaient disposés de manière à présenter au feu deux chaudrons et un plat.

H. 0m85.

99. LUSTRE à six branches en fer.

Décors de feuillages, surmonté d'une couronne royale.

Style Louis XIII.

100. LUSTRE à huit branches, en fer tordu de Venise.

XVIIe siècle.

101. PETIT LUSTRE à quatre branches, en forme de fleur de lys, muni d'un contre-poids en plomb, aux armes de France.

Travail lillois de la fin du XVIIe siècle.

102. FOURCHETTE à trois fourcherons.

Ustensile de cuisine.

XVIe siècle.

103. MOULE à pâtisserie en forme de fleur de lys.

XVIIIe siècle.

104. Fer a gaufres intérieurement gravé, sur une face des losanges fleurdelysées, sur l'autre des rosaces et un panier fleuri.

Vraisemblablement l'enseigne du marchand.
XVIIe siècle.
Collection Vanderhelle.

105. Deux ustensiles de cuisine en fer forgé, servant à faire des rôtis.

XVIIIe siècle.

106. Gril tournant, en fer forgé, décoré d'une rosace.

Ouvrage flamand du XVIIe siècle.

Ce gril se compose d'un disque ajouré, tournant sur un axe emmanché dans un trépied plat, muni d'un long pivot; il ne touche point les charbons, aussi pouvait-on imprimer un mouvement de rotation au gril, ce qui empêchait les viandes de carboniser.

107. Grand garde-feu. Fer forgé, pouvant se replier sur lui-même. La face principale est ornée d'une fleur de lys.

XVIIe siècle.

FAIENCES, GRÈS.

108. Plat rond sans bord à renflement central.
Décor à reflets métalliques mordorés divisés en quatre parties par des branches émaillées en bleu.

XVIe siècle. Diam. 0m39.

109. Plat creux sans bord à reflets métalliques mordorés sur fond blanc. Le décor consiste en trois grandes palmes. Au centre un oiseau.

Diam. 0m37.

110. Plat rond à ombilic.
Décor de feuillages ; le bord présente de larges feuilles gaufrées en relief, à reflets mordorés, sur fond blanc.

XVe siècle. Diam. 0m40.

111. *Fabrique de Pesaro.* — Plat rond décoré en couleurs.

Au centre un cavalier la lance en arrêt.

Diam. 0m40.

112. *Même fabrique.* — PLAT CREUX sans bord.
Décor d'imbrications festonnées, au centre la Sainte face.

XVIe siècle. 0m32.

113. *Fabrique d'Urbino.* — COUPE RONDE. Décor : Buste de jeune femme en costume du XVIe siècle, sur fond bleu. Banderole, portant l'inscription : *La Gintile Signiora Casandra.*

XVIe siècle.

Cette coupe est encadrée d'une bordure relief en terre émaillée, de *Lucca della Robia*, offrant une couronne de feuillage et de fleurs blanches, maintenue par un ruban jaune.

114. *Fabrique de Castelli.* — PLAT ROND aux armes d'un cardinal.

Le décor consiste en un beau paysage avec ruines.

XVIIIe siècle.
Vente Scrive. Diam. 0m24.

115. *Fabrique italienne.* — PLAT ROND sur pied ramassé.
Décor : Bouquet de fleurs, sur fond blanc. Bord à bossages, sur lequel court une guirlande à fleurs rouges.

Diam. 0m32.

116. *Fabrique italienne.* — CORBEILLE octogone ajourée sur pied ramassé.
Décor bleu sur fond blanc.

XVIIe siècle. Diam. 0m30.

117. PLAT ROND ouvragé en relief. Style un peu rocaillé, décoré en camaïeu bleu.

Au centre un cavalier et une dame à cheval, salués par un gentilhomme.

XVIIe siècle.

118. *Fabrique italienne.* — PLAT ROND, bord à bossages.

Décor : Au centre une paysanne, sur fond blanc.

Diam. $0^{m}27$.

120. *Fabrique de Genova (Gênes).* — AIGUIÈRE de forme antique très-élégante.

Décor en camaïeu bleu sur fond blanc; marquée du phare de Gènes, comme presque toutes les poteries de cette fabrique.

XVIIe siècle.

121. *Fabrique d'Urbino.* — VASE cylindrique forme potiche.

Décor : Ornement sur fond varié de nuances offrant dans un médaillon ovale la figure d'un homme casqué, vu de profil.

XVIe siècle. Diam. $0^{m}31$.

122. *Fabrique de Pesaro.* — DEUX CORNETS de pharmacie.

Décor : Figures de profil dans un encadrement de fleurs, sur fond blanc.

Fin du XVIe siècle. H. $0^{m}24$.

123. *Fabrique de Savone.* — DEUX BEAUX VASES de pharmacie, en forme de balustre surbaissé.

Décor mythologique, en camaïeu bleu, sur fond blanc.

124. *Fabrique italienne.* — DEUX TRÈS BEAUX VASES à anses et couvercles, forme d'urne très-élégante.

Décor: Enroulements de fleurs et de têtes d'anges. Au centre de la panse de chaque vase, une niche cintrée contenant l'une, la Justice, l'autre, la Force, représentées par des figures de femmes tenant des attributs.

Le tout peint en bleu, sur fond blanc, relevé par de légers filets bruns. *(Pièces remarquables).*

XVIIe siècle. H. 0[m]50.

125. *Fabrique italienne.* — POT A ANSE.

Décor bleu sur fond blanc. Au centre un médaillon fond jaune, contenant un personnage.

126. *Fabrique de Lille.* — BRASSART D'ARCHER, fond blanc.

Décor: Martyre de Saint-Sébastien. Dans le haut les noms: Félix Dérumaux qui sont ceux de l'archer pour lequel a été faite cette pièce qui est vraisemblablement un prix remporté dans un tir à l'arc. *(Pièce unique).*

XVIIIe siècle.

127. *Fabrique de Rouen.* — PETITE AIGUIÈRE très-élégante de forme.

Décor bleu sur fond blanc.

128. ASSIETTES en faïence de Rouen, dites à la Corne.

Décor polychrome sur fond blanc.

129. *Fabrique de Nevers.* — PETIT POT.

Décor: Bouquet de fleurs blanches et jaunes sur fond bleu.

130. *Faïence de Delft.* — PLAT ROND, fond blanc.

Décor rayonnant, divisé en deux zones. Au centre, un paon, en camaïeu bleu.

131. *Faïence de Delft.* — PLAT ROND à côtes et ombilic.

Décor chinois en camaïeu bleu, sur fond blanc.

132. PLAT ROND, fond blanc.

Décor: Fleurs bleues très-chargées.

133. PLAT ROND avec renflement central.

Décor: Entrelats de fleurs bleues, sur fond blanc.

134. *Faïence de Delft.* — PLAT ROND.

Décor bleu. Semis de bouquets de fleurs, sur fond blanc.

135. PLATS de même fabrique et de même travail.

136. DEUX PLATS.

Décor: Ornements polychromes en rouge, vert, jaune et bleu, sur fond blanc.

137. *Faïence de Delft.* — DEUX VASES à anses de forme gracieuse.

Décor bleu, sur fond blanc. Email très-luisant.

H. 0m25.

138. POTICHE.

Décor bleu, répété trois fois. Chasseur à cheval dans la campagne.

H. 0m28.

139. *Faïence de Delft.* — DESSUS DE BROSSE.

Décor bleu. Deux amours jouant avec des guirlandes de fleurs.

H. 0m26.

140. *Faïence de Delft.* — POT A SCHIEDAM, à panse dodue, col étroit.

Décor chinois, bleu sur fond blanc. Couvercle en étain.

141. AIGUIÈRE de forme élancée.

Décor: Armoirie et fleurs en bleu sur fond blanc. Monture en étain.

H. 0m30.

142. POT très-évasé, côtelé.

Décor bleu, style rocaille.

143. Aiguière, fond *bleuté*, à décor bleu finement exécuté. Monture en étain.

144. Beurrier en forme de fruit, posé sur trois larges feuilles. Emaille jaune.

145. Saucière en forme de perdrix, posée sur un plateau à décor de semis de fleurs et de fèves brunes en relief (*Faience de Bruxelles*).

146. Salière soutenue par trois cariatides, ronde-bosse, rappelant un modèle de Palissy.

147. Grande chope, fond blanc.
Décor polychrome, chasseur, cerf et chiens. Jolie monture en étain.

H. 0m20.

148. Plat rond, fond blanc.
Décor bleu, arabesques. Au centre le buste d'un jeune seigneur et les lettres : P. W. D. S.

Diam 0m32

149. Plat rond, fond blanc.
Décor chinois, bleu foncé.

Diam. 0m40.

150. Six assiettes, vieux Strasbourg.
Deux vases à fleurs, imitant le vieux Rouen.

151. Grande et belle urne en faïence, imitant le porphyre, elle est posée sur un socle en marbre noir.

152. Deux petits vases bleus, porcelaine de Chine.

153. Sept assiettes de chine (famille verte).

154. Une belle assiette, vieux Japon.

155. Dix-neuf assiettes, vieux Japon, décors bleus.

156. Divers objets variés.

157. Huit verres à pied.

158. Pot allemand, en forme d'homme ventru, le couvercle en étain a la forme d'un casque.

159. Terre cuite émaillée. Grand plat de fabrication flamande, fond rouge brique.

Décor jaune, vert et rouge; au centre d'une guirlande de fleurs, la Descente du Saint-Esprit sur les Apôtres. Date 1708.

Diam. 0m54.

160. Grand plat en terre cuite émaillée, de fabrication flamande. Fond jaune pâle.

Décor vert et rouge de fer empâté en relief. Au centre, un jeune homme offre une fleur à sa fiancée. Au-dessous l'inscription : ICKBEMMIT-MINE.

Marque H K. 1719. Diam. 0m55.

161. GRÈS BRUN. GRANDE AIGUIÈRE. La ceinture représente les sept électeurs de l'empire à mi-corps, tenant leurs écussons. Le restant du vase est élégamment décoré de cercles et d'ornements qui font de cette pièce une élégante construction de cette époque. A la naissance de l'anse les armes du maître. Couvercle en étain.

Daté 1602. Collection B. Verhelst, de Gand. H. 0m40.

162. AIGUIÈRE. Beau mascaron sur le goulot; la panse décorée de médailllons, contenant des fleurs et des mascarons.

XVIIe siècle. H. 0m26.

163. AIGUIÈRE de même forme que le numéro précédent, panse entièrement semée de boutons gris, sur fond d'émail bleu.

FAIENCE ÉMAILLÉE de Bernard Palissy

164. Très beau plat ovale. Au centre sujet mythologique: Jupiter, sous les traits de Diane, séduit la nymphe Calisto. (Beau cadre sculpté et doré).

165. *Fabrique d'Avignon.* — Chauffrette. Email brun foncé très-luisant.

Décor en relief composé de fleurs, de guirlandes et d'oiseaux. Date 1616.

ARMES

166. Armure allemande unie du XVIe siècle Les mitons sont très longs, les cubitières de forme conique, très pointues. Lès solerets, en forme de bec-de-canard.

L'armet également uni est muni d'un gorgerin à deux lames.

167. Belle panoplie, composée:

d'un casque et d'une cuirasse à bandes noires, fond pâle;

d'un chanfrein à vue, XVIe siècle;

de deux manches;

d'une cotte d'armes en mailles;

d'un fauchard;

d'un marteau d'arme;

de deux hallebardes;

d'un sabre indien, XVIe siècle;

d'une épée de ville, à quillon et pommeau ciselé en forme de torsade, XVIIe siècle;

d'une épée vénitienne à garde complète repercée à jour;

Cette épée et le fauchard étaient les armes offensives des esclavons ou gardes des Doges.

d'une petite arlèle à galet, ou jalet de la fin du XVIe siècle. L'arbrier, courbé entre les noix et l'arc, est en fer. On la bandait au moyen d'un levier adhérant à l'arbrier.

Cette arbalète tire son nom des cailloux (gallets) qu'elle lançait. La chasse avec cette arbalète était une partie de plaisir où les dames tiraient elles-mêmes sur le gibier rabattu par des oiseaux de la fauconnerie.

de deux tassettes à cinq lames, XVIe siècle.

de deux étriers en fer ciselé et de deux écussons dont l'un en fer repoussé.

Ce lot pourra être divisé.

168. Bourguignote, calote en fer, à nasal mobile, oreillères et couvre-nuque lamé.

Commencement du XVIIe siècle.

169. Cabasset italien d'homme à pied du XVIe siècle, en fer uni, clouté de cuivre.

Belle lame de glaive du XVIe siécle.

170. Très-grande épée à deux mains, de la première moitié du XVIe siècle.

Lame forte, à deux tranchants, et large gorge d'évidement, allant du talon de la lame jusqu'à la pointe. Poignée en cuir. Quillons recourbés vers la pointe. Fort pommeau portant un bouton.

Longueur de l'épée du pommeau à la pointe, 2[m]04.

171. DEUX PLASTRONS de cuirasse de carabinier, aux armes de France et de Navarre, en usage sous le règne de Louis XVI.

172. GRANDE ARBALÈTE à pied de biche et à étrier, de la fin du XVIIe siècle, servant au tir à la cible. Arbrier incrusté de nacre et d'ivoire, garnitures en cuivre.

Celle-ci appartenait, en 1780, à un arbalétrier des environs de Lille, nommé Prevos, comme l'indique une plaque en os que l'on a ajoutée à l'arbalète.

Le mécanisme, destiné à bander la corde, appelé pied-de-biche, forme pièce à part.

173. GRANDE ARBALÈTE FLAMANDE, à moufle ou tour, du XVe siècle. Elle est munie d'un grand étrier, et garnie de son tour.

174. ESPONTON d'officier, du XVIIe siècle. La lame est entièrement ornée d'une gravure au burin, portant quelques traces de dorure. Elle est divisée en trois zones :

Dans celle du bas un médaillon, dans lequel l'inscription : *Nicolai. Régiment.* 3e *compagnie.*

Dans la zone centrale un écusson timbré d'un casque, défendu par deux lions grimpants.

Dans celle du haut une figure de Saint Nicolas. Arrêts à la douille.

175. Esponton d'officier, en forme de très-petite pertuisane de cérémonie du XVIIe siècle. La lame, finement gravée, porte d'un côté un écusson d'armoirie timbré, gardé par deux lions, et de l'autre un trophée d'armes et les lettres entrelacées, M. T et T. F. C.

176. Morgenstern suisse, du XVIe siècle. Le Morgenstern, était une arme d'homme à pied. Elle consiste en une longue hampe, dont la partie supérieure, plus épaisse, était hérissée de pointes en fer et terminée par un dard de 25 à 30 c. de longueur.

177. Fourche à croc, du XVIIe siècle.

Cette arme était portée exclusivement par les sous-officiers des compagnies de grenadiers, de l'ancien régiment Dauphin. Le 1er avril 1691, au siège de Mons, les grenadiers de ce régiment, commandés par le Maréchal Vauban, emportèrent d'assaut un ouvrage à cornes, saisirent les fourches des autrichiens morts, en tuèrent beaucoup d'autres et firent le reste prisonniers de guerre. Louis XIV, voulant perpétuer une action aussi honorable, permit aux sergents de grenadiers seulement de porter ces fourches au lieu de de mousquets.

Catalogues des musées d'artillerie de Paris et de Bruxelles, page 34.

178. Six belles hallebardes de différentes formes.

XVIe et XVIIe siècles.

Ce lot sera divisé.

179. Fragment d'une bande de crinière finement gravée.

XVIe siècle.

180. Deux jolis petits drapeaux en soie rouge, de la corporation des charpentiers.

181. Une bannière en soie blanche brochée.

182. Six grands et beaux drapeaux en soie, des corporations d'Archers et d'Arbalétriers.

Lot à diviser.

183. Un drapeau suisse *(mauvais état)*.

OBJETS DIVERS.

184. Tapisserie flamande. *La Cène* au milieu d'une bordure composée de huit médaillons, contenant des fleurs.

XVIe siècle. H. 2m95 L. 2m

185. Tapisserie de Flandre. *Portière*, sujet galant. Règne de Henri IV.

H. 2m75 L. 1m20.

186. Tenture en cuir gaufré et doré.

187. La Sainte Trinité. Bas-relief en albâtre avec parties peintes et dorées.

XIVe siècle. H. 0m50. L. 0m26.

188. Marbre blanc. Abbé crossé, agenouillé, les mains jointes, devant un prie-Dieu. Sur le fond, au centre d'un cartouche peint et doré, les armes et la crosse de l'abbé.

XVIe siècle.

Bas-relief provenant de l'abbaye de Marquette.

189. Flambeaux en cuivre ciselé, beau style.

Epoque Louis XVI.

190. Panier en bois de gaïac (dit cabas) de bourgeoise flamande.

Il se compose de lames en bois, maintenues par des cercles en baleine, cloutés de cuivre.

191. Ecusson en bois recouvert de cuir, portant des armoiries accolées et timbrées d'un casque.

Travail flamand du XVIIe siècle.

192. Trompe-l'œil en bois peint, représentant un livre ouvert.

193. Statuette en chêne, peinte couleur fer.

XVe siècle.

194. Petits chandeliers torses.

195. Petits chandeliers en bronze, du temps de l'Empire.

196. Terre cuite. Buste de femme.

197. Gaine pour flacon en bois recouvert de cuir doré et fleurdelisé.

198. Petit groupe en marbre, rehaussé de peinture.

XVe siècle.

199. Jolie statuette italienne, représentant un joueur de Mandoline ; l'instrument qu'il porte est en écaille incrustée de nacre et d'ivoire.

200. Petite mandoline en écaille incrustée.

201. Petite guitare en écaille incrustée.

202. Deux jolis petits groupes, représentant les Rois Mages, en bois sculpté et polychromé, les draperies sont en étoffe imbibée d'une matière durcissante.

Travail italien de la fin du XVIe siècle.

203. Jolie miniature, rehaussée d'or sur parchemin, offrant la fuite en Egypte.

204. Beau et grand vitrail gothique, représentant Sainte Agnès caressant un mouton.

205. Vitraux, panneaux, mis en plomb, contenant des médaillons, parmi lesquels on remarque: deux Vitraux lillois, un Ange tenant un écusson, la Vision de Saint François et autres pièces. (*A diviser*).

206. Cafetière avec réchaud, laqué noir, rehaussé d'or.

207. Collier de chien en cuivre, portant la date 1777.

208. Deux paires de boucles d'oreilles. Une montée en argent, l'autre en or italien.

XVIIe siècle.

209. Belle bague en or, dont le châton offre les armes de France.

210. Epingle en corail, monté sur tige en or.

211. Agrafe de manteau en argent.

212. Croix et cœur qui se portaient au cou.

213. Lot de boutons en argent et en acier.

214. Encrier en bronze, travail italien dans le style de la Renaissance.

215. Un grand fauteuil garni de tapisserie.

216. Beau couteau italien, dont le manche en ivoire offre une tête de lion, les yeux sont en turquoises.

XVIIe siècle.

217. Jolie petite cafetière Louis XV, en étain.

218. Saint Michel, statuette en bois peint et doré.

219. Glace, cadre en bois Louis XV.

220. Grand canapé en acajou, garni de velours rouge

221. Etrusques et verres antiques.

222. Petite horloge en cuivre posée dans un petit monument en bois sculpté, dont la partie supérieure est soutenue par des colonnes torses.

223. Montant de porte en bois sculpté, offrant Saint Antoine et un écusson d'armoirie.

224. Porte-couteaux en chêne sculpté; au centre, Adam et Ève. Daté 1676.

225. Couteaux et fourchettes garnis en argent et deux cuillers en étain, le tout pouvant servir à orner le numéro précédent.

226. Jardinière en incrustation de bois de rose et palissandre.

227. Petit meuble à rouleau (porte-touaille) servant à fixer un essuie-main, cet essuie-main ainsi fixé porte le nom de *touaille*.

XVIIe siècle.

228. Jolie lanterne vénitienne en cuivre, munie de sa chaînette en fer tortillé et doré et de sa potence en fer forgé.

XVIIe siècle.

TABLEAUX

Le Giottino (1324 à 1395).

1. *Saint Eustache*, debout, vêtu d'une robe rouge-clair, et enveloppé d'une manteau blanc parsemé de rosaces d'or. Le saint tient d'une main un livre, et de l'autre le couteau.

Peinture sur fond d'or, forme cintrée du haut.

Bois. H. 0m92. L. 0m37.

Maître inconnu du XIVe siècle.

2. *La Salutation angélique*. La Vierge assise écoute avec recueillement les paroles que l'ange Gabriel lui apporte de la part de Dieu. Il est agenouillé et vêtu d'un riche manteau tissé d'or et d'argent ; il tient à la main une fleur de lys.

Peinture sur fond d'or, divisée en deux compartiments.

Bois. H. 0m23. L. 0m29.

Maître inconnu du XIVe siècle.

3. Sous des arcades en ogive, la Vierge et saint Jean ; au-dessus, dans un médaillon en forme de

trèfle, un ange vu de profil tient une fleur de lys.

Peinture sur fond d'or.

Bois. H. 0m95. L. 0.62.

Inconnu.

4. *Jésus apparaissant à Ste-Marie-Madeleine* Le Christ est enveloppé dans un manteau d'étoffe rouge, et porte l'oriflamme. Marie-Madeleine, est en prière. Elle a sur la tête un voile blanc et est vêtue d'une robe bleue. Derrière elle, un lit à colonnes surmonté d'un dais avec courtine rouge.

Au revers du panneau saint François d'Assise reçoit les stigmates.

Bois. H. 1m02. L. 0m64.

ÉCOLE D'ANVERS DU XVIe SIÈCLE.

Maître inconnu.

5. *Saint Jérome.* Le saint est assis, le coude sur un pupitre, la tête reposant sur la main droite, la main gauche appuyée sur une tête de mort.

Au deuxième plan, sous une arcade de style Renaissance, on voit un paysage avec plusieurs scènes de la vie du saint. Peinture intéressante, surtout au point de vue du mobilier et des accessoires qui y sont traités avec beaucoup de soin.

Bois. H. 0m70. L. 1m65.

ÉCOLE ALLEMANDE.

Maître inconnu du XVIᵉ siècle.

6. *Sainte Catherine et sainte Madeleine.* Peinture sur fond d'or gaufré.
Bois. H. 1ᵐ20. L. 0ᵐ72.

ÉCOLE FLAMANDE DU XVᵉ SIÈCLE.

Rogier Van Du Veyden.

7. *L'adoration.* Peint à tempera sur toile de lin. Malheureusement fatigué, et dont le pendant est au British museum de Londres.
H. 0ᵐ35. L. 0ᵐ28.

Vouet.

8. Cette toile est encadrée d'une magnifique bordure en écaille rouge incrustée de filets d'ivoire et moulurée d'ébène.

Dominique Zampierri.

9. *La Sainte Famille.* Dans le ciel, Dieu le Père, le Saint Esprit et des Anges. Jolie composition très-fine d'exécution, tableau sur cuivre qui a été exposé à Lille en 1874.

Franck.

10. *Jonas*, sortant du corps de la baleine. (Exposition de Lille, 1874).

11. *Saint Jérôme*. Il est représenté en Cardinal. (Exposition de Lille, 1874).

12. *Saint Jérôme*, la tête reposée sur la main droite, la gauche touchant le crâne d'une tête de mort belle architecture et accessoires très-finement touchés.

Panneau XVIe siècle.

Otto Venius (attribué à)

13. *La Vierge et l'Enfant Jésus*. (Exposition religieuse 1874).

Le Guide (attribué à)

14. *Loth et ses filles*.
Très bonne toile.

ÉCOLE HOLLANDAISE

15. *Marine*, Combat naval.

ÉCOLE HOLLANDAISE

16. *Marine*, Combat naval.

Rosa Salvator.

17. Paysage animé.

Jean Derhyn.

18. *Ascension de la Vierge*.

Monnoyer (J.-B.).

19. Bouquet de fleurs dans un vase.

Inconnu.

20. Portrait d'une dame noble, vêtue de noir et portant une large fraise en dentelle.

Van-Artois

21. Paysage très boisé.

Bonaventure Peteers.

22. *Deux Marines* (gros temps).

Très jolis petits tableaux, monogrammés (B. P.).

Lafon.

23. *Elle est raide* !

Cauchois.

24. Fleurs dans une cuvette en faïence.

25. Pendant du précédent.

26. Paysage au bord de la mer.

Beau cadre en bois sculpté.

Broost.

27. *La partie de barquette*, paysage.

Vermeulen.

28. *Patineurs.*

Très joli tableau finement peint.

Diaz

29. Intérieur de forêt.

Vuez.

30. Très beau dessin à la plume, représentant la Vision d'une Martyre. Beau cadre en chêne sculpté et doré.

Inconnu.

31. *Jeunes Chats jouant avec leur mère.*

32. Plusieurs dessins et gravures encadrés.

Inconnu.

33. Portrait d'homme vu de trois quarts, peinture sur cuivre, ovale.

Procaccini.

34. *La Toilette de Vénus.* Grande toile mesurant $2^{m}15$ de hauteur et $1^{m}80$ de largeur.

LIVRES

1. *Die Cronycke van Hollant, Zeellant ende Vrieskant 1591.* Petit in-folio.
   Reliure en bois, revêtu de veau gaufré, offrant sur les plats une double bordure d'ornements de style Renaissance.
   Plaque et coins d'appliques en cuivre frappé, d'ornements d'un goût délicat.

2. Différentes brochures, papiers et avis, concernant pour la plupart la ville de Lille.

3. Six volumes variés, avec reliure, offrant sur leurs plats des blasons et des armes de ville.
   Histoire de quelques peintres, par Charles Blanc. Bel exemplaire demi-reliure, chagrin marron.

4. *Les Arts au moyen-âge et à l'époque de la Renaissance*, par Paul Lacroix. Ouvrage illustré de dix-neuf planches chromolithographiques, par F. Kellerhoven, et de quatre cents gravures sur bois.
   Paris, 1869. Belle reliure en maroquin rouge.

5. *Mélanges littéraires.* Veau rouge.

6. *Voyage au pays des millards*, par Victor Tissot. Demi-reliure marron.

7. *Le Magasin pittoresque*, depuis sa fondation jusqu'à la fin de 1880.

8. Sous ce numéro seront vendus plusieurs Ouvrages, Objets de faïence et Sculpture en bois, que le temps n'a pas permis de cataloguer.

Lille, imp. J. Petit, rue Basse, 54.

RED. :

21

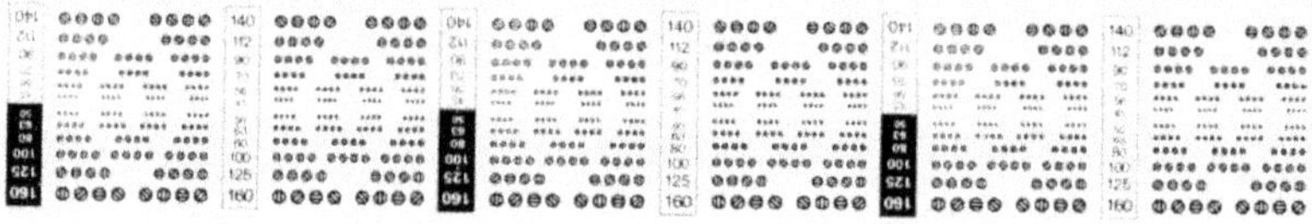

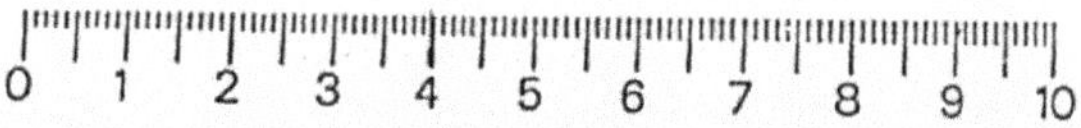

MIRE ISO N° 1
NF Z 43-007
AFNOR
Cedex 7 - 92080 PARIS LA DEFENSE

graphicom

0 1 2 3 4 5 6 7 8 9 10

BIBLIOTHEQUE
NATIONALE
DE FRANCE
****
CHATEAU
DE
SABLE
1996

www.ingramcontent.com/pod-product-compliance
Ingram Content Group UK Ltd.
Pitfield, Milton Keynes, MK11 3LW, UK
UKHW022134260726
13993UKWH00003B/1441